Le Trésor d'Erik le Rouge

Texte : Françoise Guillaumond
avec la participation de Sylvia Dorance

Illustrations : Christine Ponchon

Lecture **CP**

Les trois filles d'Erik le Rouge
venaient de réussir les trois épreuves
pour devenir de vrais pirates.
Elles avaient coulé trois bateaux.

Elles avaient bu trois barils de soupe.
Elles s'étaient lavées trois fois
de la tête aux pieds,
ce qu'elles détestaient par-dessus tout.

Sur le pont, le chef des pirates prit la parole et bégaya :

– Ce sont bien les di... dignes fi... filles d'Erik le Rouge.
Il y a sept ans, nous les avons trou... trouvées dans trois cai... caisses en bois qui flo... flottaient sur l'eau.

C'était juste après le nau... naufrage d'Erik le Rouge.

Aujourd'hui, elles ont sept ans
et elles sont ca… capables du pire.
Je… je suis fier de les proclamer
vérita… tables pi… pirates des mers !

Tous les pirates applaudirent.

Le plus vieux des pirates déclara :
– Avant de mourir, Erik le Rouge a déposé, dans les trois caisses, ces trois objets.

Ils vous mèneront au fabuleux trésor d'Erik le Rouge.

Les trois filles d'Erik le Rouge bondirent à leur poste. Et le bateau des pirates prit la direction de l'île aux coquillages.

C'était une toute petite île.
Le sol était recouvert de milliers
de coquillages. Mais aucune trace
du passage d'Erik le Rouge.

Soudain, les trois filles d'Erik le Rouge
découvrirent un énorme coquillage fermé.
Elles le prirent, le secouèrent.
Il y avait quelque chose à l'intérieur.

Le chef des pirates essaya de le fendre avec son sabre. Mais le coquillage était trop dur. Puis chaque pirate essaya à son tour.

La première fille d'Erik le Rouge, celle qui portait un crochet en or, réussit à ouvrir le coquillage.

À l'intérieur, elle découvrit un morceau de carte.

Le bateau se mit en route pour l'île aux léopards. C'était une île recouverte d'une épaisse forêt.

Une famille de léopards aux dents pointues et aux griffes acérées y habitait.

Les trois filles d'Erik le Rouge arrivèrent devant une grotte.

GRRRRRR

Un léopard sauta sur elles,
prêt à les dévorer.

Mais la deuxième fille d'Erik le Rouge, celle qui avait deux longues dents, ouvrit la bouche.

ÂÂ...

Elle l'ouvrit si grand que le léopard recula.

Elle cria si fort que le léopard prit peur et se sauva avec toute sa famille.

— En route pour l'île aux pierres noires !
lancèrent les trois filles d'Erik le Rouge.

L'île aux pierres noires était une île immense et toute plate. Sur cette île, tout était noir.

La troisième fille d'Erik le Rouge,
celle qui n'avait qu'un œil
mais un œil de lynx,
demanda qu'on lui fabrique une échelle.

Les pirates grimpèrent les uns
sur les autres.

La troisième fille monta en haut de la pyramide. Elle repéra un point blanc au milieu de tout ce noir.

C'était le troisième et le dernier morceau de carte.
— Viva ! Viva ! Viva ! s'écrièrent en chœur les pirates.
Les trois filles d'Erik le Rouge reconstituèrent la carte.

Le bateau repartit pour une nouvelle île.

Là, à l'aide de la carte, les trois filles de pirate découvrirent le fabuleux trésor d'Erik le Rouge.

© Éditions Magnard, 2001 - Paris

Tous droits de reproduction, de traduction et d'adaptation réservés pour tous pays.
Loi n° 49-956 du 16-07-1949 sur les publications destinées à la jeunesse.

Dépôt légal : août 2002
N° d'éditeur : 2017_2207
Achevé d'imprimer en février 2018 par Pollina en France - 84287